U0530372

空河

滕 芳◎著

长江文艺出版社

滕 芳

笔名简,重庆城口人,重庆市作家协会会员。有诗作见《诗刊》《星星》《红岩》《诗潮》《草堂》《西部》《椰城》等,入选《2017年中国青年诗人作品选》《新诗选》等。

目　录

第一辑　我听见骨骼的脆响

我听见骨骼的脆响　003

向日葵芽　004

台灯　005

墓碑的善良　006

老柳　007

檐下的衣服　008

蟹爪兰　009

依存　010

葫芦　011

石头　012

缝隙　013

盐埋　014

雪的全部　015

安放　016

018　鹊巢

019　白云生处

020　回到一棵树

021　刺竹

022　尘

第二辑　看流水，有时被关起来，有时又被放开

025　大地

026　龟石

027　蓬勃

028　石头硌疼的

029　月亮岩下的晨色

030　当一会儿他的妈妈

031　葛藤石

032　悬崖上有字

033　洗脸

034　雨中

035　送五味子的妇人

036　电线割伤手心

037　扫玉米

038　伍婆走了

039　石头是不会随便打人的

叩门人 040

午餐 041

下雨 042

做一只小黄猫也好 043

深处 044

院子里的老人 045

石老鼠 046

第三辑　那种晃动，悬在我人生的半空中

回家的路 049

母亲的脚步 050

和母亲谈死亡 051

露天电影 052

大槽山观影 053

挖土豆 054

青冈树 055

竹楼 056

霉豆腐 057

谈论 058

游戏 059

呼喊暮晚 060

守水 061

062　等水

063　屋檐水

064　路过一只羊

065　香炉村的老井

066　水渠上的教书先生

067　为父亲写中药名

068　村医家的分工

069　春兰记

070　与哑巴妈妈的一面

071　百家衣

072　面坊

073　收稻

075　挑水

076　月亮照着的

077　看病

078　自由

079　管辖

080　婆婆纳

081　崖柏柱

082　一双鞋底的修剪

第四辑　一条河追溯的内心

085　空河

空河的锣　086
空河的树　087
无名根　088
晒葵花子的人　089
捕风器　090
对鸢尾花的误解　091
群雀　092
香菇房　093
山雀的水域　094
金黄的油菜花　095
油菜花中的墓碑　096
穿过油菜花　097
脾气　098
神道谷·瀑布　099
神道谷·我所信任的　100
神道谷·站在石头之中　101
神道谷·鲤鱼群　102
收筛子的老人　103
车辆从睡梦中驶过　104
龙潭别院池塘　105
柳河　106
关张子的白头鸭　107
关张子的巨岩　108

第五辑　我们生来有影　他们生来有光

111　退耕与复垦

112　后来的路

113　全景图

114　白壁

115　路遇百合花

116　烟雾记

117　苦瓜的苦

118　与南瓜蔓

119　致中蜂·夏

120　巴山水库大坝

121　枞树

122　我所迷恋的

123　枯叶蝶

124　回到老家

125　十八罗汉山

126　捉鸡

127　教官

128　夜过土城·灯与光

129　夜过土城·城中泉

130　夜过土城·南门

夜过土城·西门　131
鸽子的飞翔　132
环山路　133
隧道群　134
飞翔与停泊　135
等待　136
两只猴子　137
白鹭　138
迦叶道场　139
狮子峰　140
不是每一种死亡都是悲痛的　141
竹海　142
夜晚的琴声　143

第一辑

我听见骨骼的脆响

我听见骨骼的脆响

不知何时,我的生活开始疼痛

总是这样重复
弯下腰抹掉饭桌上的油迹
弯下腰,拖干净地板上的污渍
弯下腰,拾起零落的发丝

很多时候,我们不得不弯下腰
每次要站立起来
我总能听到腰部骨骼的脆响

为了不触碰那根骨头
我开始练习,挺直背脊

向日葵芽

它动用所有感官从黑暗中摸索光
它动用所有力气从泥土中抬起头来

两枚浅绿的芽叶双手合十
继而探向不同方向的露珠、阳光

几乎所有事物一开始都是这样
渐渐长大,渐渐世间有了应有的模样

一部分开出了花,挂了果
另一部分,则小心翼翼,学会了生活的尴尬

台 灯
——读《在孤独的大城市里看月亮》

为了不打扰他的睡眠

我光照我脚下弧形的领域

时常看见靠窗的她执着于一本书

有时薄，有时厚

有时素简、清冷

那晚，她读到关于月亮的诗

月亮上不是没有亲人朋友

比如老家的父亲

读书的女儿

比如远方的同学

诗友

还有，无数个她一样

敏感、焦虑，在月光里自愈的人

想到这里

我将光线变得一暗再暗

墓碑的善良

当老人离世,它就刻下那些字
尊老人为老大人
他的儿子,都是孝男
他的女儿,都是孝女
还有他的孝媳、孝婿……

无论他曾经在老人面前说过什么狠话
无论她曾经多么刁难,甚至想赶走老人
无论他们是否后来离异

从那一刻起
所有后辈都是孝顺的,她始终是他的孝媳
他也始终是他的孝婿

老　柳

他从未想到高过那幢教学楼的楼顶
甚至好多年前就不再向顶端输送水分

他着迷于已有的垂条,像瀑布一样悬挂
粗糙的皱纹里,青苔渐枯

他终生致力于接近地面
没有一个小孩反对他的接近

所有小孩,包括我,都在学习他
从地面长起来,又回到地面去

檐下的衣服

一阵一阵的风,在树叶中翻寻着什么
云朵从每个山头汇聚而来
仿佛抱团,才能抵御一场侵袭
白底蓝花衬衫向前挪移
灰色衬衫也向前移动
它们停一阵走几步,抬起又放下的衣袖
仿佛某种心照不宣
足足用了大半生时间,它们终于可以
静静地,一起看雨点从空中落下来

蟹爪兰

我在学一门新的技艺
老株的蟹爪兰需要剪下薄而软的细叶
确切地说,是一片一片掰下来
一部分扦插入泥土
更多的,我将它们埋在另一个盆底

又一个春日迟迟
掀开盆里的泥土,在这个看似密闭的空间
暗无天日的、令人窒息的角落
她们蜷缩着,每一个长叶的裂痕处
新生出细如发丝的根须

依 存

须是一片松林

茂密,荫翳,有春风拂过

而不觉

须得土壤潮润

枯叶层叠,呼吸顺畅

白色菌丝与兰根互为孪生

每一棵松树下

都是一个养生场

小小的兰草

都是它的女儿

神灵喜欢的

是它们的,也是万物的

——关系

葫 芦

"两个" 葫芦并肩陈列在叶子的荫翳下
当我与它们擦身而过
走到它们的后面
才看清
它们是随性的三个
彼此偎依,靠在凉棚的支撑上
无须遮掩,无须辩说
真相,就是向前多走几步
抑或,退后几步

石　头

暮光中的河流越发耀眼
石头也呈现朦胧的白
它们享受着两岸的鸟鸣
享受河流的叮咛，清风的抚慰
像那只天真的白蝴蝶
不用去想飞翔的目的
两个行动着的石头
沉浸于小小的、发亮的水洼
他们搬开一个石头
放进石头之中
他们和它们一样
都是大地的、暮色中发光的孩子

缝　隙

是阳光，带我发现了水的缝隙
细碎的、平坦的石头上面
水的缝隙也是细碎的、密集的
有落差的河段中
水的缝隙充满惊险
深沉而安静的河面，水的缝隙最大
风推着它的缝隙往前滑动
当黑暗涌来
一河的水呀
把所有缝隙都弥合了
像缝上遍体的伤口
悄无声息，了无痕迹

盐　埋

有太多的角质层需要磨掉
盐粒，会硌到不敢提起的部位
我试着用深浓度的雪
掩埋。从我的走向开始
至双腿，尤其是膝盖
我不善于留下跪痕
如果整个身子都要干净一次
一定得借助女儿的手或眼神
在盐湖的平静面前
我是颤抖的
越颤抖我越微小
身体里盐的部分越来越沉重
腹部支撑不起一个婴儿的重量
在大雪覆盖中
只剩一颗心，向南跳动

雪的全部

爱雪的全部

从风开始,从飞翔开始

横斜过窗口,雨痕般坠落

也有零乱、迷茫,飞得一塌糊涂

枯枝依旧茂密,山间多林地

街边又添新楼

无法覆盖灯光

雪与万物捉迷藏

我怎么看,也无法看见一场雪的全部

最高处是一群寒冷

而我只看见了它的飞翔

安　放

她颤颤的，每走一步
头上的蜻蜓就摇晃一下

广场的整个秋天都被拆走了
灯柱坑里，她捡了几块残瓷砖
小心地摆在广场的一个圆上

她始终捏着的一块像把小砖刀
轻轻按了一下
地上的残砖就钉住了

她又用小砖刀按了按左上的一块
仿佛右下的一块也钉住了

她一次又一次地捡来
一次次地安放
当她再次转身
一双大皮鞋，不小心踢开了两块

她回来时，望了望那双皮鞋

若无其事地

把砖捡回来

那两块小瓷砖,就像她的一次小脾气

鹊　巢

一滴潦草的墨
卡在迷茫的枯枝间

没有任何规律
有时靠近高速路
有时靠近红砖房子
有时就在麦田正中央

两棵相邻树上的
一定互为芳邻
同一棵树上的
一定互为血亲

善良就在每一棵树
落光了叶子
为这悦耳的报春之声
清晰地站在
天地之间

白云生处

追着雾向山上跑
追到高处便成了云

执着行走的云,悲欣交集的云
没有界限的云,不分彼此的云

不动声色的云,包容天下的云
抚慰过一朵金盏菊的云

在秋雨中马不停蹄的云
物我两忘的云

在它的深处,一对老夫妻在灶台上
用小火煨着香菇土鸡汤

回到一棵树

融入一群人
像林中的，猕猴桃藤与青杠树
松与兰，与蘑菇
试图共生，共风雨，共虫蚁
谈论过花开叶落，借枝头俯视过云层之下
终归是他人的绿意葱茏
不如孤寂，如厚朴
立在尚未荒废的庄稼地，回到一棵树的本身
自由地、爽朗地呼吸
作为众多生命中的一种
立在浩渺的大地，立在
来去之间
你们捡不捡回我的叶子
是否会剥开我的一层皮，作为药引
我都不去想

刺　竹

一棵竹从来不提防另一棵竹
它们挤在一起,人间便多了一片绿可供呼吸

每棵竹尽量纤细,以便更多的竹长进来
一起看春花开尽,一起听流泉奔赴远方

当我握住一棵竹的结,才发现
它们应该长叶的地方,当初长过三颗小刺

尘

因为舞台上的光束,它们才选择了存在
给予它们绿光,它们就以绿而存在
给予它们不同方向,它们就在不同方向浮沉
这太像童年里的光束了
从瓦缝漏下来,从左墙上移到地上
再从地上移到右墙
大大小小的颗粒在光中旋舞
那光像雪一样洁净
椭圆的光斑能照亮整个屋子
我也像今晚一样,躲在光束之外
和更多的尘,一起默看

第二辑

看流水，有时被关起来，有时又被放开

大　地

你若种下成片的猕猴桃
她为你牵成片的藤蔓、长肥厚的叶子
你若放弃
她便只长她的野草

你可以随意拦截她的河流
也可以把她的山泉引进你家里
你若不小心泼了她脏水
她却从此长出一株白菜来

大地总是如此仁慈
七月半的夜里，她默允满河岸
都是烧纸的人
她允许你埋骨，砌一座漂亮的石墓
也允许你，草草地，垒一个土堆

龟 石

它守着一座长满蒿草的旧房子
用了多长时间,它才将肉身坐成了龟甲
我很喜欢它低头的跪姿
也许等得太久了
它伸出一只前足立在地上
探向落日的方向
夕光圣经一样沐浴着它
我已深深着迷,这决心赴水的石头

蓬 勃

村里的野草太青了
人们一到外省去,它们就长进家里
屋顶都是

人们不种玉米了,它们就长进地里
路上都是

人们不再砍柴了,它们就长进山里
新砌的坟头上都是

长势太好了
就快长进城里了

石头硌疼的

月亮岩下的路有着月亮匍岩的耐心
路上的碎石,一不小心就硌着谁了

曾经,它硌伤过上山的羊群
硌疼过开县过来的生意人
硌翻过打货的大卡车

一条路能忍心硌疼人间多少事物?

它止不住雪宝山的熟地迅疾成林
止不住两旁越长越拢的草

今天,唯一种木香的人
双手和膝盖,被硌出了血

月亮岩下的晨色

阳光从右上角斜射下来
因为月亮岩的高寒,变薄了

除了路边偶尔探头的野菊花
除了低语隐没的溪流
只剩空房子,墓碑一样安静

它替三姨守着一园子的白菜
守着,落在枯枝上的鸟

仿佛忆起,三姨正啧啧啧唤着
碰落露水的鸡群

仿佛,我的母亲正从三姨生前
背走一背篓卷心菜

当一会儿他的妈妈

他站在水缸旁玩儿水
他换下玩湿的厚衣服
他说不出爷爷去哪儿了

他挨着我坐在一根松木上
他甚至小心地把头靠在我身上

就当一会儿他的妈妈
仿佛他外公不曾踢过他
仿佛他忘记了今天只吃过一顿饭

那个六月里穿夹袄的小男孩
那个五岁了
还说不出一句完整的话的小男孩

葛藤石

特别大的,供人们晒床单、被子
平稳的,供我们上学走过
细小的,总是跟着流水,奔赴
其中一小部分
落到峡口的夹缝中
铁的、生锈的夹缝
不能动弹
它们只好天天在夹缝里
看流水,有时被关起来,有时又被放开

悬崖上有字

许是小路太窄,没几人能越过葛藤沟的陡峭
许是水太凉,没几人能涉水而过
许是峡谷太深,没几人能深入它的远方
囚禁在葛藤沟悬崖上的,除了崖柏
除了一排孔洞,孔洞之上
像杜鹃啼出的
"魁星点斗" 的 "魁","魁星点斗" 的 "斗"
——隐隐的红

洗　脸

爷爷洗完，父亲洗，父亲洗完儿子洗；
奶奶洗完，母亲洗，母亲洗完女儿洗。
一家人共用两盆水。
奶奶说：生不可多用水
不然黄泉路上，怎么喝得完？

雨　中

大雾沿山的方向,越走越高
汉昌河沿石头的方向,越走越低
恰好雨化解了它们的矛盾
树上的青樱桃看着这一切
被雨打得一晃一晃的叶子下
麻雀尽量缩着身子,像是回避
檐下的两位老人
小艾爷爷掏出叶子烟杆
小艾奶奶刨着碗里的饭
他们一起看见
一滴雨接替另一滴雨,耐心地
劝说混浊的地面

送五味子的妇人

她苗条地闪过灯光下
递来一小袋五味子
宝宝的母亲努力挤出微笑
接过袋子
她明知那天妇人在田里扯草
宝宝爸在楼下劈柴
砍一斧头,向田里望一下
砍一斧头,向田里望一下
她仍然接过五味子
她明知宝宝妈
知道她被宝宝爸多望了几下
她仍然送过五味子
宝宝正一口一口
那么多种味道被他吃成了
奶一样

电线割伤手心

三叔的坟墓才砌好
小艾奶奶从儿子的坟墓回来
腿脚发软
一把抓住板壁上的电线
像抓住三叔似断未断的呼吸
小艾奶奶不断抽搐
电流收走她所有的爱
三叔的呼吸收走她所有的爱
伤口在她手心长了好多年
孙儿都上大一了
摸摸手心,依旧疼得裂肺

扫玉米

秋风过后,她的头发又白了一些
水泥地上的玉米粒也白了一些

她拿扫帚想扫出一条路
每一次弯下身子,就扬起一阵灰尘

她怕灰尘沾染了我
她的灰尘飘过她的一生
飘过经幡一样的农家彩旗

她开始扫第二遍
玉米粒越聚越拢
扫帚越来越重
她站在灰尘中,又老了一点

伍婆走了

她应是笑着走的
她地里的玉米也笑着
丝瓜开满了花

她太瘦了
揣不走人间的疾病

她用惨白的脸
收走了多年的蜡黄

她放下背篓,放下锄头
放下一生的佝偻
终于挺直了腰杆
和腿脚

石头是不会随便打人的

连续下雨,泥沙松动
它才会跟着泥土坠落
砸向一所房子的左边,空空的小屋
巨大的窟窿,是为了提醒睡着的人赶紧
醒来,逃走,避难

或者从半山上滚下来
过公路,砸开卷叶门
打碎车子的反光镜,稳稳停在堂屋
不再多移动一厘米
第二天清晨被人们围观、议论、请走

"石头是不会随便打人的"
从那场灾难逃离出来的她,虔诚地说

叩门人

像那棵栾树躺在大地上
我们从根出发

事先就定好了枝丫的走向
每一处分枝,都会走掉一些人

叩门声,如栾果丁当

要么,高于人的苦蒿封锁了门
要么,笑而迎你的
尽是白发多病的手杖

午　餐

人们陆续入座
他的两个女儿为客人一一盛上饭
他的老婆为客人倒上米酒
客人们迟迟不动筷子

他的筷子摆放得整整齐齐
他的杯子盛了小半杯酒
他的座位一直空着

他离世的第六天，村子忍不住大雨

下 雨

他的车子撞上隧道墙时,在下雨
人们把他拖出残渣样的司机室时,在下雨
他不让身体有一处冒血
躺在棺木里时,在下雨
他的两个读书的孩子赶回家时,在下雨
我们驱车前往他的墓地时,在下雨
我们在田里烧他的衣服时,在下雨

他的母亲和姐姐抓着他的墓碑哭泣时
雨下得更猛烈了
他坟头的碗,已盛不住雨水

做一只小黄猫也好

趁着春光正好
柳枝垂到了地上

主人忙着摘清明的茶叶
小孩到处跑不用管
缸里的水溢出来了不用管
陌生人提着清明飘路过
我也不用管

去那几截木头上
软软地躺着
看天空
看着看着就睡着了

也不管
葡萄藤长出了嫩叶
覆在身上
像一张乱乱的网

深　处

路越走越窄，落叶，有声
我们只想与丝茅草
靠近一点

一大群麻雀，树叶一样
飞出一棵树，落向一棵树
又蜂群一样，团聚另一棵树

双膝打补丁的男人，走出几声犬吠
能陪他的，是对面连绵的山线

通向人间的
唯有树隙里两根电缆

我们转身离开时
他站在晚风中，像一根经霜的草

院子里的老人

东边的老人从烟杆里咳出了细屑

西边的老人刚刚从猕猴桃基地
带回一身尘土

北边的老人,正在地坝筛玉米
和玉米屑一起筛下的,还有夕光

三位老人围坐一起就是一个三合院
傍晚时的三合院最热闹

他们一起谈天气
谈右侧的某个房间,常年漏雨
谈东边檐上的瓦片,不知何时会掉下来

石老鼠

三合院里的老人都下地去了
它才会偷偷来
天还未黑尽时,它才会偷偷来

桑树上叶子油青的地方
桑葚最甜的地方
你就能看到它毛茸的尾巴

如果目光太近了,它会迅疾
轻快地从一根树枝跳到另一根树枝

甚至飞上旁边的桂树
对,飞过去的

像突然长了翅膀。回头看你一眼
然后消失在黑夜面前

第三辑

那种晃动,悬在我人生的半空中

回家的路

上学有四条路可走
回家也是

走白蜡树,得穿过幽暗的森林
走兴隆坝,要攀爬连续的陡坡
走香炉坪,有三五成群的大犬
走葛藤坝,沁骨的水流四季湍急

我常常犹豫不决
这世间的路啊
要么荒无人烟
要么总有一段灌木丛生

母亲的脚步

养病的母亲走路要轻,听不见声音的轻
要慢,足够耐心的慢
她刚刚踩上索桥,我就感觉到了
母亲的力量从桥那头传过来
一波一波地传过来,慢慢地传过来
我开始颤抖,一晃一晃的
那种晃动,悬在我人生的半空中

和母亲谈死亡

用手指摩挲着皱纹
母亲说,她这棵树水分正在流失
叶子已泛黄,开始脱落了

我想到山上那么多的树
在使劲长

她说,脖子上的那根筋
连到下巴时,人就要走了
她又捏了捏松软的脖子

我提到老家消失的松树、杨树
母亲笑说,她已赚了十几年

我还是不敢盯着她的脖子看

露天电影

在学校操场,在大槽山,在兴隆坝
在我的童年

在长木凳,在短木凳,在竹椅子
在家长里短

在子弹,在步枪,在长剑
在阴谋,在爱,在泪

在微笑中。是多年以后
我才明白那场电影里最厉害的剑

是软软的,打在身上
会弹回来

大槽山观影

钟家院子聚满了长木凳
他们嗑瓜子,摆龙门阵

七十岁的老人坐在火坑边
呷了一口电影里的老茶

叶子烟点燃了一个个枪口
硝烟散尽,只剩两位女侠

她们向山下走,我们也向山下走
弟弟趴在爸爸背上正要醒来

火把像星星
喧哗着流进夜色深处

挖土豆

土豆通常与玉米杂居
共享牛筋草、念根藤、鹅肠菜
也共享蚯蚓和蚂蚁

母亲一生都在挖土豆
开始在山上挖,后来在田里挖

母亲每挖出一窝土豆
就得先折下不断向她刺来的玉米叶
汗湿的头发和草屑一起贴在她额前

她下的每一锄都无比小心
就像从子宫里掏出儿女

青冈树

香炉村的悬崖有各种长相
水凹口下的巨花崖一匹站在一匹肩上

崖肩的一排青冈树,以跳崖的姿势
为经过的羊群让路

那年幺舅去崖顶砍柴
他站在崖的对立面,拉紧捆柴的绳子

绳子有时以结的方式,结束一个生命
有时以断裂的方式

青冈树只轻轻伸开手臂
就挽住了一个坠向深渊的人

竹　楼

因为火的熏炙，竹子们析出所有水分
我偶尔去试探，它们有多大的耐心

对我无知的脚，它们拿出极好的弹性
我常常不敢用力

如果堆了玉米，玉米会更快地衰老
但不会腐朽，即便从缝隙里坠下几粒

倘若放了柴火，柴火会越来越轻
越来越喜悬空的，烟火的热温

我愿意那样站在竹楼上
等时间钻过缝隙，熏我，烤我
长出深深的皱纹，和雀斑

霉豆腐

腊月,母亲会在竹楼上放一个大箩筐
垫厚厚的稻草,铺厚朴叶
铺一层放一层小块的豆腐
烟火给它升温
等它发酵,长出绒毛一样的白霉
像在瓦解母亲的一生
母亲很从容
给它过酒,裹上生活的辛辣和盐巴
有些事适合沉默,索性用瓦罐封存

谈　论

谈到对岸那座山
我们都如坐春风

谈到山上的树
仿佛我们都变绿了

谈到山上应该有条乡村路
两位叔叔都急了
他们无法安置那么多树木

谈到可以一个骨碌就回去了
我突然很失落

回到故土的过程,应该像蚂蚁一样
一点一点,慢慢爬

游　戏

香炉村的几个小孩用一堆沙子
砌了一座小小的坟茔
对面山上的砍柴人就摔下悬崖
死了

正月初三,八岁女儿和同伴做了只
纸鞋子
接着她有位姑婆去世了

你无法止住杨树枝头乌鸦的叫声
就像你无法预料小孩要玩什么游戏

呼喊暮晚

暮晚,我和弟弟站在门前的地坝里
大声呼喊: 妈——
一声又一声,大山也帮我们喊: 妈——
像一群小孩在喊

我们不准鸟雀、小虫入睡
我们太怕肖洞弯山顶悬着的众多巨石
我们不敢提及被巨石砸破脑袋的杨家母女
我太想香炉村大队收走肖洞弯那块地

我们使劲地喊,扯破了嗓子喊
带着哭腔喊
我们把暮晚喊成了一个小黑点
她一边移动一边"欸——" 了一声

守　水

香炉村的炎夏，水是有秩序的
从庄子坝修过来的水渠
像漏时间一样漏水
想要接住漏下的水
必须为自己的稻田打开一个缺口

父亲像鸟雀守着林子一样
守到月落西山，晨星渐起
便有水可引入稻田

有时，守着守着父亲在岩洞下睡着了
前面稻田里溢出的水
经过他的鼾声，又流到下一个稻田了

等　水

香炉村在阴坡

阴坡化雪需要更多的阳光

雪水只够白菜和菠菜存活

没有埋进泥土的水管

阳光照着一截，那一截便先活过来

夜里又会再死一次

反复地活，反复地死

往往活会强过死

香炉村的人，耐心地等着

所有的水活过来

屋檐水

雨水敲打高处的瓦
寻找空隙,总想钻进屋子里来
更多的雨水从不同方向汇聚而来
在瓦沟最低处
如瀑布落下
对大地有点愤怒似的
狠狠砸着檐沟
从大伯家到我家,一直过水的檐沟
我喜欢看屋檐水这样狠狠地砸
把沟里的污泥全砸起来
砸出大朵的水花
等天晴了,沟里只剩大颗的风化石子
水里只剩云朵,鸡群围过来
衔一小撮白云,仰头喝掉

路过一只羊

香炉村的所有田地
整齐地生长着猕猴桃藤
地膜还护着它们的清晨
传来咩咩的叫声

在偌大的田地里
它的叫声显得如此渺小
声线混合着眼泪,带急弯的细长

我只远远地看见小团白
父亲说,它已经被套在那里很多天了
包括那几场很久不化的雪

也许我的路过和其他人并没有两样
那小团披霜的白突然安静了

在它正对面的公路旁
——是螃蟹湾农家乐

香炉村的老井

也许是沙子、枯叶越积越多
填满了她那些年的空

也许是高处的泥土
掩盖了什么
比如一些鸟、一些草木
有隐弃

也许是路断,路连
倾倒的树,连根将她拔起

似乎没有了
似乎一切皆荒芜

可是母亲说
她在呀,一直在的
如果你相信
如果我们愿意去淘洗

她远古的嘤嘤之声

水渠上的教书先生

他用斗笠、蓑衣,对抗风雨
他挽起裤腿,在水渠上走成一枚
军绿色的汉字

他每天沿着水渠
从香炉村走进葛藤村
又从葛藤村返回

两个村子的水渠轮流护送他行走
有时会激起一道小瀑布,像他讲过的故事
喧哗在渠下的乱石上

直到
葛藤沟空无了村里的小学校
水流仿佛无事可做
时间渐渐干涸
他的行走,如探寻的蚁,被遗忘在荒草中

为父亲写中药名

父亲说出一个药名
我就用记号笔写一个
黄芩、黄连和黄柏
在贴签纸上,越写,越苦

我用笔粗糙,撇捺稚拙
写五味子,写麻黄,写肉苁蓉
我怕起笔太辛
又怕落笔太咸

写到最后
剩红枣、枸杞和甘草
夕阳与灯光交织
我的笔拥有了夜晚的耐心与和善
写到甘草的草
笔尖浸出了微微的甜意

村医家的分工

他负责给病人把脉
看舌苔
听胸腔的啰音
处理感染的伤口
宽慰整个村子的不安

她负责
栽土豆,插秧苗,锄闲草
修葺猪圈的木栏
缝补围鸡的网
替蜂桶扫除小棉虫

大半生了
他不杀生,她替他杀
他不爱说话,她替他说
他不愿咳出声的
她替他忍回去

春兰记

现在才懂得
你喜阴,喜潮湿,喜林中
喜深涧,喜无人打扰的寂静
你甚至喜欢一切植物性的腐烂

你长最普通的叶子
有缺陷的叶子
发黄的叶子
开最没有色彩的花

母亲说:叶子越丑花越香
如果非要移植一株到城里阳台上
别忘了,带香炉村陈家梁子的,松林土

与哑巴妈妈的,一面

不知她从何而来,姓甚名谁
人们都叫她哑巴
所幸她嫁给了一个实诚的鳏居中年男人

因为好奇
我和一群小伙伴儿去看她
灰坑边的长木凳上
怀孕的她就那么坐着,发乱如荒草
仿佛我们是一群光
她无措又羞涩地喏嚅着,似要接近又似躲避

我们仔细打量着一位母亲
一位从未走出过那丛楠竹林的母亲
一个对万物保持沉默的母亲
我再没见过的她

隔着炭厂湾
偶尔听见她四岁的小女儿
在竹林边读书
读"春天来了,桃花开了,杏花开了,梨花也开
　　了……"

百家衣

有堂姐的、表姐的
有远房亲戚家的
也有我不认识的好心人的
母亲常常冷不丁地带回一些衣服

浅黄的，有漂亮的盘扣
淡粉的，衣领很别致
白色的底子，水红的印花
紫色的短衣，别了细长的腰带

我迷恋这些衣服的柔软
像奶奶的爱，轻而暖
我更惊讶于她们面对无数的
浸泡、捶打、拧屈、曝晒
仍然保持了最初的样子

我穿着她们，如此熨帖
我们越来越趋于，更深的白

面　坊

带着泥土气息的麦粉，土生的鸡蛋
传输带与滑轮的契合
轰鸣与速度的勾连
从机器上出来的面，薄如帘

被统一切割
铺晾，风干，成丝成线
太齐整了，包裹起来的样子

我想到最后的割麦人
齐整地晒黑，齐整地躬背屈膝
齐整地抖着手接过一天的工钱

时间是一把更大的刀子
人们啊，齐整地枯黄
齐整地接过命运，齐整地低下声来

收　稻

这是一年中最隆重的事
除了春节，只有这一天母亲会备好老腊肉
苞谷酒
太阳还未爬出山头，村里的近邻和亲戚
吃过早餐
下山，到河岸的稻田

前面的割稻，后面的扬起稻谷
啪嗒，啪嗒啪，啪嗒，啪嗒啪
啪嗒啪嗒啪嗒啪
秋天的节奏拍在拌桶上
就快跳出围着的篾席了

我站在屋旁的枇杷树前向下望
一群蚂蚁已经移到了田的中央
它们每个扛着一粒粮食，从线缝般的田埂上向前爬
从叶脉般的小路向上爬

明天，后天，再后天
隆重的仪式挨家逐户

母亲也会成为其中的一只
从另一片稻田,爬上来
或者从山的另一边,爬上来

挑　水

母亲的早晨有时带露,有时带雨
这与香炉村的冬天有关

井边排起长队
井水比锑铁水瓢有温度
它们在木桶里更懂母亲

当母亲起肩的刹那
它们会有意泼洒
以减轻母亲双肩的负担

更多的时候
它们会漾起浮在水面的瓢瓜
叮当——当当——的声音
是母亲一生中听得最多的歌

月亮照着的

稻田到家的距离
有时是一场争吵

我们在院坝里首先看到了父亲
然后是大段的黑夜
焦虑缩成一团云

月光最长情
照着母亲回来
又照着母亲下山

黑夜究竟有多黑
一袋稻谷扔下多少黑

母亲从未告诉我们
她只慢慢地,从一段黑
走到另一段黑

看　病

简，收据拿来
伸左手
母亲坐在采血窗口前
无名指的血液在微量吸管里
一点一点爬高

简，随我进来
母亲跟着女医生走进放射室
"正在放射" 几个字越合越拢
直到母亲从门缝里消失

医生每一次喊到我的名字
母亲就乖乖地替我扎针、喊疼
替我吞下一枚枚药片

她所有忘记的
那张以我命名的小小磁卡
一一替我记着

自　由

母亲太自由了
太阳未出山时,她去红薯地收露水
太阳当空时,她在玉米林里释放汗水
如果饿了,喝口酒又可以下地
群鸟归巢后,有一地银霜陪她回家
一个人踞守的庄稼地
她想待多久就待多久
多年以后,糜烂的胃,腿部的风湿
才有一搭没一搭地责怪她

管　辖

我只管做作业,弟弟只管玩儿
父亲只管去东莞或潼关

母亲权力太大了
五个人的土地、稻田和山林,要管
年猪、鸡群、耕牛,要管

唯一管不了
奶奶越来越不认识我们了

我胆囊长息肉,医生都配了肾炎的药
母亲的胃,在一天天陷入糜烂,是后来才知道的事

婆婆纳

纯朴得紫盈盈的
却有着洋气的名字
而我更喜欢叫它无名的野花
那么小,一眨眼就不见了
它们仅仅路过
我们也会无比熟悉地
扬起小脸朝它们笑
多像童年的我们
在香炉村的放学路上
精灵般冒出来
星星般散落

崖柏柱

它撑着瓦檐最沉的部分
父亲在它腰部钉了一颗铁钉
母亲纳千层底儿时
我会挂一把剪刀上去
父亲铲门前的草时
会取一条毛巾下来
弟弟有时会跳着摸到它
然后欣喜
它的皱纹越陷越深
它看着从房子里撤离的
最先是我,然后是奶奶的棺木
再后来是锅碗瓢盆
它唯一守住的
都被我们忽略

一双鞋底的修剪

剪下旧衣服的第二粒纽扣
保证衣服和纽扣的完整
剪掉旧床单、旧笋壳,多余的部分
将梦里的争吵、白日里的焦虑
安慰、希望、孤独粘合在第五层
用毛毡作第七层
偶尔的欢笑填充了第九层
紧紧扎住一个人一生的
可能是棉绳,纯白而牢固
这时,母亲会再次握住鞋底儿
剪刀被她的手捏出温度
咔嚓咔嚓的声音,像在天空刨雪
母亲的膝盖上、衣服上
她专注的整个世界
落满了白霜

第四辑

一条河追溯的内心

空 河

清明时节的空河,雨,用垂落
祭奠万物

我们在祈语中,敬拜空河
敬拜花虫鸟语,敬拜一河水流的清醒

空河用名字里的空,生发草木
洇染桃红,柳绿,重瓣棣棠的金黄

亭子里坐了看春的人
空河依然内心寂寂

她耐心地教会
一群二十几岁的小孩
学着生火,洗锅,煮一顿朴素的午餐

空河的锣

以前见过的锣,带有丧葬的悲伤
是对亲人离世的哀恸

空河的锣不一样
它像一个放大的词语,挂在长亭下

它用三个声带发出的颤音
浑厚,忠实,沉稳

这让对面的山崖,渐渐收起了峭拔
当我用木槌敲击它黑色的部位时

我站在它稀薄的边缘,竟然听到了
一条河追溯的内心

空河的树

一棵躺倒的树,相当于一截木头
它冒着被冲走的危险,躺在空河的水里

人们并没有打捞
空河的水尽量低于它的呼吸

它用它的倒影活在山里
在细小的枝头,长细小的叶子

我在河边伸手触水的瞬间,才发现
它把略微带红的根深深地扎入了,空河

无名根

大地,有时会被迫露出
它的一小截毛细血管

贴着血管的一小块皮肤已有皲裂
血液似乎正要往外渗出

像多年前,我不敢正视因脚踝失血过多
而晕倒的母亲

我跪在它面前,小心地以指触摸
它固执恒守的脉动,穿过风风雨雨

穿过那条铺满枯叶的小路

晒葵花子的人

他半跪在葵花子上
一边耐心地拨弄,一边寻找什么
有时捻起干枯的叶柄块
有时选出带缺口的一粒
有时丢弃的是,光滑如日

他像一只蜜蜂伏在钟爱的花蕊上
鸟雀啄籽的声音仿佛穿透了去年的风声
被他在某粒葵花子上捕获

我所尝不出的微微霉变
被他精准地挑出

他所用心的生活
在他的小院里,阳光如此颗粒饱满

捕风器

他的院子是个不规则捕风器

院门铁丝上各色的风车,用旋转捕捉
荷包牡丹用她悬挂的粉紫铃铛捕捉

所有的梨树、苹果树
菠菜、茼蒿,包括茴香都举起叶子捕捉

漫山遍野的绿,被风裹挟着
被院子里的他,用双手捕捉

在他释放的浩荡中,暮春在捕捉

对鸢尾花的误解

我宁愿她们是蝴蝶
不必在逼仄的盆栽的枝头等风来
不必被人们讨论,是土知母、扁竹花
还是搜山虎、蛤蟆七……
不必乞求晨露与朝阳

她们的紫蓝多么宁静
这多像月峰山的女人们
把土地伺弄得如此肥沃
日子如山泉般清澈

门前的古树下
她正在清理独活根部的泥土
小沟边
她正提着一袋厩肥走向田垄

我们只见过她们的一天
开得如此心无旁骛

群　雀

我大可不必小心翼翼
它们熟练地落在梨树上,又落到地上
像是分配了任务
一只沿竖行的土垄向前走
一只横着啄食新生的叶芽
剩下的在一棵树下穿梭着
一个小孩从梨树林走过
他们互相忽略了
它们像在耕作自家的园子
只有我和树上刚成形的小梨子
默默地注视着
我们像是早有约定,互不打扰

香菇房

有些生长不必完全暴露于阳光
在北屏的青山村
有众多的房子,面罩青纱
所有香菇从木头内部具有了活性
所有香菇拥有木头的颜色
在短木头的一侧
以一只耳朵的方式生长
听时间的鸟鸣
过度的风,形成背上的裂口
我站在它们中间
它们试图替我喊出潮湿的隐忍

山雀的水域

山雀固守的水域浮游生物众多
它选择了水中的几块石头作为据点
它低头啄水时因为刚好有一只小鱼窜过
废弃的木头载着几个小孩从入水口划来
在水中旋转成一个孤岛
山雀飞上岸边的一根灌木枝
它看着孤岛游向下游又游回来
一块薄石片穿过了几个小涟漪
小女孩滑下木头，全身含水，小鱼在她的脚边晃了晃
山雀掠过水面，灌木枝在风中晃了晃

金黄的油菜花

金黄的油菜花
和香炉村的油菜花
如出一辙
它们是审美的油菜花
村民的审美
由地界决定
地界怎么决定都是对的
都是本真的油菜花
路过的人
都觉得美得如此自然
像大地对我们的善
平常又意外的馈赠

油菜花中的墓碑

众生如油菜
在山坡上各自安闲
花与花用香气互相接纳
用翠绿供奉金黄
一片油菜花与一片油菜花之间
是一群墓碑
它们清明点灯
雨天长草
它们像是守春人
它们替一群人,和一群花
一起活

穿过油菜花

山坡上爬满了油菜花
我仿佛能听见油菜花之间
在彼此呼唤
场面热闹
我们从它们拥挤着的小丘穿过去
车窗拥有了明净的黄
那么暗的隧道,那么金亮
隧道兴奋得忘记了抛之脑后的短暂
我们的前途拥有了经久的花香

脾　气

油菜花也有大脾气

从山腰汹涌而来

站满了山坡、谷地和梯田

围住了几棵树

围住了几所房屋

一定是哪位村民犯了错

他把几粒种子落在了高速公路旁

瞧，那几株油菜花

有着时代的病痛

差点儿翻过栏杆来

神道谷·瀑布

每粒水都如此专注
毫无迟疑地奔赴、坠落

这神道谷的力量
深邃,源远

我只需站在她清凉的一端
浸润如草

崖壁之上
你无法想象,决绝之前
她忍耐成怎样的平静

神道谷·我所信任的

我以为,红布环搭之地
一定有寺、庙,或观

我绕过溪流,沿梯而上
木头和我一样认真而肃然

我们有彼此的防滑线
也彼此信赖

就像我信任一座道观的空
没有菩萨的加持,我仍旧在观前

肃目,仰望,屏息
红布抖落尘埃,我抖落疲惫与匮乏

回头下山时
几颗野核桃正在蜕掉身上的,壳

神道谷·站在石头之中

多么羞愧,我竟然契入它们的仰视角
硕大的,粗粝的石头
高悬峡口,仿佛为了挽留赴身而去的水流
一如惯常的沉默,一如惯常的任水提起
秋虫声消弭于风,树叶宽慰于风
从水流处来,光阴削掉我肩头的荫翳
我站在窗口,一如石头站在石头之中

神道谷·鲤鱼群

你是否见过这样的游戏
它们不停地聚拢,浮出水面
争抢最有利的位置

破碎的倒影之上
几双小手在丢石榴籽、向日葵
也丢天真的笑、中性的笑

聚集之后是安于云朵的下潜
当秋阳藏匿于水面
有鱼从水里起跳
此起彼落,像是对人间的击打
又像是对空气的

只有它,身披尘土,鳞染霜白
潜得最深,即便游出群体来
也只默默地,对这一切念出一个圆圆的
"噢"

收筛子的老人

挂上斜立地边的竹竿
筛子就离阳光近一点

竹竿有老旧的灰斑
筛子漏下的光有灰色的隐线

她取下一个筛子
铺晒的小草鱼收起了小颗的盐粒

她翻动小草鱼的身子
风翻动她的发丝

她的发丝上,时间薄了一点
筛子里,小草鱼的身子又薄了一点

车辆从睡梦中驶过

先是雨滴,滴在我的睡梦中
我的睡意有了透风的裂隙
接着几滴鸡鸣,黑夜有了裂隙
车辆从整个村子的睡梦中驶过
溅了黑夜一腿脚的雨水
我醒来,可我不知道此时
有人连夜开会
有人守在镇界的路口
有人把临时防疫所搭在黎明前
在村民们侧头好奇时又匆匆收起
一切归于白昼
炊烟与云雾停滞于白昼
人们忙于扫蛛网、扫旧年
镇子的关卡紧了紧
有车辆驶过小年的睡梦

龙潭别院池塘

清晨醒来于别院池塘

红鲤鱼伸了个懒腰

山溪从磨盘的入口处潺潺而下

我们走在池塘的边缘

格桑花如雨后美好

一切犹如初春

几位龙潭别院的女人

铺着土豆片

均匀的竹篾席，均匀的土豆片

均匀的厚薄，均匀的密度

均匀的闲聊

均匀的，她们的，龙盘村的日子

柳　河

她身侧多峻岭

蜿蜒绵长,周而复始的村庄

穿着好看的彩叶

她不露声色

隐藏在大巴山的深处

终生活在内陆的天空里

可架桥,可筑房,可沿河植红枫

遇险滩,遇怪石,遇高山族

缠青色头布的妇人

喜清风,喜鸟鸣,喜山边那弯

朦胧月

她不露声色

她默默无闻

连高德地图也替她隐姓埋名

你所称呼的"柳河"

或许也只是来自一个村庄

的脚注

关张子的白头鹎

青冈大桥往下,尘嚣之下
关张子一片鸟语

电线上站了一只
它关照着整个村子的玉米

树上一只
带一群不断回归不断飞离

长亭的横木上一只
我想和它坐在一起
我要先学会飞上树枝

关张子的巨岩

像对一朵花的喜欢
无数次叠加,就成了爱
关张子的巨岩,是多少爱的叠加

有断痕,裂缝中生长草本植物
裂缝有多深,野草便有多茂盛
新鲜的裂口,仿佛来自一次争吵

越是高寒,越是薄凉,越是暴露于阳光之下
岩石素有黑白,日子素有磕碰

我在巨岩下渺小如蚁
开在岩顶的红杜鹃,看不见我

第五辑

我们生来有影　他们生来有光

退耕与复垦

香炉村,我的母亲从来都是默默地委屈自己
退耕了,子女们一个个离开,她默默地生长那些树
待茂密成林,人们对山上的祖屋望而却步时
她又把辛苦养育的松树、柏树、青冈树
连根拔起
铺出一条宽阔的路来
新鲜的泥土与石头在林间寻觅默契
人们啊,只关心复垦的进度
他们不知
他们跋向祖屋的每一步,都在陷进母亲的温柔

后来的路

儿时走过的路依旧那么曲折
后来,树丛让它显得更加幽深、安静
铺上的叶子,一层又一层

路安静的过程,是我们长大的过程
每一层落叶都是我们衰败的苦痛
踩上去喳喳作响

越来越多的枝叶替我们遮挡了阳光
最后漏下的一小块,是人生中必然的温暖

而此刻,我们曝光在香炉村三米宽的欣喜
盘旋而上

全景图

从东边院里的板栗树到西边父亲躬身锄地
屋基变成了菜地
从一片菜地到另一片菜地

我们在院里穿梭、奔跑,玩儿老鹰捉小鸡
我们剁洋芋,掰玉米,宰猪草
逃出父亲的目光
我们爬桐子树,摘苹果,打枣儿
下雨天,戴母亲的大斗篷,披母亲的大蓑衣
下雪天,把小火炉子舞得溜圆
那些童年的事,扁平成一张照片

院里唯一的木房子,挑着两边的菜地
菜叶上的露珠,调皮而稚嫩

白　壁

石壁生长岩耳，也长少许的草和树
它可以是一轮圆月，嵌在雪宝山
可以是两扇大门，半开半闭在新龙湾
在香炉村，它只是一座山
瘦削的石壁用纯白的纹路告诫我们
世间的陡峭，生活如深渊
放牧的山羊常常走到壁前又回转身
如同我们的呼喊
抵达壁前又回转身，成为另一个渐弱的我们
你以为石壁如玉质坚硬
无数次抵挡风雨侵蚀，抵挡我们的回声
它内心树木覆盖的泥土深深塌陷
成了村子里巨大的水凹口

路遇百合花

极普通的白色
在青草里翻寻饱含芬芳的词语
长长的枝,伸得远远的,是一种觅得
更是一种召唤

四朵花怒放
四个花苞还在努力生长
像四个季节
让枝头有了更替的起伏

散步的我们恰好碰上了
她在赞美它的花朵
她在赞美它的叶子
我在思考它是不是我的同龄人

而它,那株百合
用它寻常的白色,写下了乡村一隅

烟雾记

邻居家的屋子,从瓦缝中腾挪的青烟
被天空越挽越高

说不清浓淡的烟,源源不绝
因风而倾斜,有若隐若现的肆意

有破裂的缝隙,也有绵延的韧劲
是一个山村黄昏的天梯

这是视觉的烟雾
我从童年辨听,枯枝在泥土下哔剥作响

我常常沉浸于
从泥土缝隙里丝丝缕缕析出的、大地的气味

苦瓜的苦

它有自然而然又让人意外的苦
夏日里的必经之苦

从一朵花的花蒂开始
像京剧里的丑角,每个凸起的细胞饱含
对世间的幽默,并自嘲悬垂的命运

不同于红李的羞涩
也不同于蒲公英漂泊的苦
更没有黄连苦得透彻,可以看穿一个人的病

在与任何一种食物焚火浴身时
比如瘦肉的蛋白质
鸡蛋的微量元素
它会收敛起一生中所有的苦
它用红色包衣包裹阡陌纵横的内心

与南瓜蔓

它们善于攀爬

石头上、木架子上、房檐上

不厌其烦地徘徊,蜿蜒前行

你见过锯木灰中冒出的南瓜蔓么

它们如何植根,如何辨别泥土

又如何抖落一身木灰

在这走一步陷一步的灰垒之上

一步步走上高处

开花,挂果

一到清晨和傍晚,便警惕地

捏紧了拳头

致中蜂·夏

仿佛能听到它们的呼吸
是夏天的倦意
它们,稀疏的一群
散落在桶的边缘,在石板上
如此静谧
像一排随意而坐的、歇凉的老人和小孩
刚刚飞回的一只,也不疾不徐地整理着翅膀
丝毫没有打扰
异族的目光悄然掠过了它们

巴山水库大坝

这里的对岸,一边是你的左肩
一边是你的右肩
筑起来的大坝,一定要留一个拱形门洞
退除河水裹挟而来的淤泥
一定要留一个闸口
汛期的水可以从此奔流而下
人们一定要站得远远的
突如其来的瀑布
是上天的预警
释放即自由,奔赴亦是
一条河的终日沉默,需要一个闸口偶尔的
放弃

枞 树

人们从它脚下的悬壁开了路

给它修了三层台阶

种草，围木栏

筑凉亭守候它

它并没有退避，也无任何招摇

它依然沧桑，皮肤四处皲裂

风吹来，对面的群竹摇曳

它也轻轻地晃一晃

内心越来越空

空，即心怀万物

空，方可新生期盼

沿着它一只手指着的方向

雪宝山上

积雪如线，爬向了天空

我所迷恋的

我的房间总是每天都会有灰尘下落
每周都要彻底清扫才能保持洁净
奇怪香炉村这条路
和二三十年前一样干净
没有多余的泥土
嵌在凹处的松针也如此洁净
两旁的树叶依旧新鲜
绿色如洗,连虫鸣都是洁净的
我多么迷恋
一条山中小路
一生都在保持她的洁净

枯叶蝶

也许是孩子的吵闹惊扰了她
在女儿的指引下
我找到了她

她合上翅膀一动不动
我屏住呼吸一动不动
我们互相打量,互相认同

我们都偏爱安静
偏爱弥漫泥土气息的林子
偏爱小小缝隙透露的点点阳光

我越来越接近一枚枯叶
而她,替众多枯叶活着,并起飞

回到老家

父亲母亲已搬下河边
老房子已被拆除
屋基已被丈量
翻耕,培土
他们在里面种上油菜
肥美的油菜开春便会开花
父亲说:
这里多安静
到时候你妈就要那里
我要这里
说着他指了指靠坎的地方
那里的油菜因为鲜有阳光照射
积了一小洼雪水

十八罗汉山

杀贼,应供,无生
"往世不涅槃"
我们愿意接受你们的度化
晨起多云雾
暮晚普照霞光,每座小山至善至清明
你们有类似的菩提心
有类似的弧状山形,类似的小沟壑
十二个班的孩子在你们的注目下
拔草,锄地,铺路,风餐露宿
更多的孩子,如山雀,如虫蚁
散落整个生态园
几粒细雨,是对我们的点化
众生摇曳,孩子们听见草木之声

捉　鸡

鸡，可以从手中抛出
也可以先放自由于地上
四个班的孩子就是四个生产队
组成一个连
肩挨着肩，手挽着手围起来
便是一个大的栅栏
每个班只需派出一名孩子
一声令下，四名孩子开始奔跑
抢捉
这个时代的鸡啊
听不懂号令，它们不懂得奔跑
也不懂得飞翔

教 官

必须有军人的挺拔和严厉

接过连队的旗帜时

行一个果敢的礼

还要一副好嗓子,用来喊"立正""跨立"

能耐心地讲解午餐规矩

也要严格地惩罚

会母亲一样教叠被子、洗衣服

也能父亲一样,磨炼克制、忍耐

为孩子们拍合影时

问他们: 教官帅不帅?

夜过土城·灯与光

我们生来有影
他们生来有光

紫,从雕花木门上
落到百步梯,每一个小圆点
都在自己的轨迹上缓移

黄,在东门的城墙上
修改,置换,陈了几百年的记忆

红,一片片的红
让新雪止步的红
光如旧,亦如年
所有灯笼在雪风中沸腾、轻跃

我静止在檐下的油纸伞
不抵风雨,这火一般的红
正穿透我

夜过土城·城中泉

他们好厉害

夜雨湖的水

被提上 800 米海拔的城楼

在"纳福" 的小池里放生

如任河,宿命般西行

遇水草,可倾诉

遇石头,可激愤

小桥,有小桥的虚空

浅潭有浅潭的太平缸

过颐庐,过疾控中心,过幼儿园

他们知道,流到最后是安静

是长砖下无垠的宽广

夜过土城·南门

人们常常选择从石阶一级一级走向你
有时雪覆了满坡的桂花树
有时是报春鸟在林里吹小哨
有时是上学的孩子逆向奔跑

最固执的是爬山虎
从法国的传教士来时
它就守着这厚厚的墙壁
仿佛想探寻城内的往昔

我迷恋这厚道的门
多么朴素呀
文昌宫、龙王庙、城隍庙都已归隐于文字
他却替他们守着

和众多散落的荆豆一起
爬山虎的蔓
在冬夜又高了一点点

夜过土城·西门

从西门下来是一种信仰
石梯边缘要么是菊,要么是雪
要么就是葱和韭菜

往下,种荞麦的人在出售燕麦
往下,小铺子储有油盐酱醋茶
再往下,是岔道口

一边是正在洗老腊肉的人
她起早贪黑,有时吃不上午饭
替我们杀生

一边是那条更小更窄的小道
继续向西

鸽子的飞翔

铁山坪果树园小区的上空

一群白鸽转着圈飞翔

它们保持着不急不缓的速度

在同一个角度悬停、回转

尽管今天的天空阴沉

那片土地正在被围起来

施工地铁

它们对这片土地的热爱

让我想起城口县土城夜空中的白鸽

也是这样的飞翔

这样的回旋和悠闲

像我的老家的邻居

已经年过七旬

她依然每天去菜地里转一圈

环山路

一直走
它用锈红色栏杆护你周全

你可以忽略一枚银杏叶的枯萎
也可以忽略一棵老槐吐出的两簇新芽

一路多鸟鸣，多清风，多粪土
多缺口
每个缺口都是一条向下的路

通向几声犬吠
通向高楼的拔地而起
通向错综的街道
有时
也通向一块庄稼地
或一间废弃的小屋

我正要探向其中一个缺口
绿叶掩映的空隙中
一位老人带着孙子
一步一步攀登而来

隧道群

生命的线与生活的线
重逢时
我们在山壑间起伏

我们始终前行
无论有无意义
有时太阳照见我们
有时只有山脉懂得

穿过花石沟隧道
红岩湾隧道
凤凰一号隧道
简池沟、小溪沟隧道
……

有时看得见自己
有时看不见
驰入黑暗
前面总有光
小小的隧道口
像一轮吸噬万物的月亮

飞翔与停泊

一些人在这里
一些人相约离开
一些人则刚好抵达

在炎热而凉风四起的傍晚
落日余晖如同朝阳
起与落,仿佛只在一次闪念

那棵树慈父般接纳着
一只七彩风筝的停泊

几个小孩依着轮次
等待树下的秋千说: 飞——
他们便比赛着
向天空张开羽翼

等　待

无数个日常
他们，在南大街的香樟树下
坐了一长串
围腰垫在地上，搭在肩上

三五个打扑克的
在一旁围观的
独自低头打瞌睡的
绣鞋垫的

树叶悬落，风声焦虑
坐立之中，背篓空旷
身后是，一件纯牛奶
两本儿童杂志，没发完的
化妆品传单

日影西斜
与他们对坐的，那长排的落叶
被汽车的急刹掀起来
又覆过去

两只猴子

也许是夫妻,也许是兄妹
他们警惕地活着

圈养的铁笼挂在河堤树丛边
他们无心接受逝水的叹息
要提防,一波一波前来的窥视

不断地抓跳,过笼风仿佛永不安宁
他们偶尔迅捷地抢过人们手中的一根草

像抢过一次嘲讽、挑逗
或试探。他们仿佛还在练习
逃过捕兽夹的牙齿

他们咬断草茎的咔嚓之声
太像遗失右脚的一瞬

白　鹭

像一滴一滴云朵缀在青石上
等待长江的水奔波而去，荡漾而回

像是惯常的约定，它们
一只，一只，一只
地起飞，羽翼如微瀑，有写意的恬淡

白鹭用倒影眷顾着湖水
它们的飞翔舒缓，谦卑，不可猜测

我远远静立着
这洁净的、舍不得靠近的白
这清洗过人类污迹的、汉丰湖水的碧绿

迦叶道场

祈福树上的心愿带
被昨夜的雨淋透了
缙云寺里一片沉寂
无人诵经,无人跪拜
甚至立了一条与尘世的隔离带
是啊,人们都去修葺自己了
只有一个捉大扫帚的人
从前一样
点两炷香,燃三支蜡
在迦叶道场的梯子上
扫啊扫
这越来越浓的雾

狮子峰

整座山充盈着它的内心
身子和名字都摆在山顶
无所谓人们欣赏谈论
拨浓雾
步道上挣扎着各样的人
向左向右
向上向下
露水应答露水
鸟鸣回应鸟鸣
回声懂得回声
唯有山顶上的石狮子
望着全世界的白
默不作声

不是每一种死亡都是悲痛的

从 X 光线的透视
一个家庭开始怀有隐忧
药物慢慢拉长生命弧线
在弧线起伏之处,煎药,递水
在家与医院的往返中,疼痛
一边渐渐舒缓,一边渐渐加深
漫长的时间滤镜下
彼此渐渐懂得温暖,懂得死亡亦是抵达

这都不及一位画师
与一位老妇人的镜像凝视
宙克西斯的画笔如何还原了光与影
调动他全身最多神经元
让他在笑中止住生命的
一定不是画作的某处皱纹或
他大笑的本身

竹　海

一不小心就闯进了竹海
这里只适合漫步
有细微的叶子下落
轻描淡写的
像写一首很小的诗
对于露来说却很重
一旦成熟
便贴在地上
风也吹不走
我在竹海中左走右走
仰头低头
如果我的内心不断空出来
又不断填满
是否可以长成其中的一株

夜晚的琴声

像雪花,轻盈地拂过脸颊,有微甜
整个夜晚都是她的大厅

迷蒙的黑,被她弹出各种模样
有时是银白的,如月光跳进湖里,波澜微漾

有时是一粒小水珠,低低的,短促的
跳进桂枝丛,或敲了敲我的玻璃窗

有时又是犹豫不决的
像在兜一个圈子,总走不出那个音符

她不知道,那么多人没有睡去
他们都踩着生活的黑白键

当她再摁下一个白键,邻家
睡前的小女孩正扭动腰肢,摆出兰花指

而我的手指
刚好滑过一行文字

图书在版编目（CIP）数据

空河 / 滕芳著. -- 武汉：长江文艺出版社，2023.10
ISBN 978-7-5702-3276-5

Ⅰ. ①空… Ⅱ. ①滕… Ⅲ. ①诗集－中国－当代 Ⅳ. ①I227

中国国家版本馆 CIP 数据核字（2023）第 139290 号

空河
KONG HE

责任编辑：胡　璇　　　　　　　责任校对：毛季慧
封面设计：源画设计　　　　　　责任印制：邱　莉　王光兴

出版：长江出版传媒　长江文艺出版社
地址：武汉市雄楚大街 268 号　　邮编：430070
发行：长江文艺出版社
http://www.cjlap.com
印刷：湖北新华印务有限公司

开本：880 毫米×1230 毫米　　1/32　　印张：5
版次：2023 年 10 月第 1 版　　　2023 年 10 月第 1 次印刷
行数：3284 行

定价：58.00 元

版权所有，盗版必究（举报电话：027—87679308　　87679310）
（图书出现印装问题，本社负责调换）